若山牧水の百首

自然に溶けた未来の人

歌人入門⑪

伊藤一彦

ふらんす堂

目次

若山牧水の百首

われ歌をうたへりけふも故わかぬかなしみど
もにうち追はれつつ

第一歌集の巻頭歌。初句の始まりに「われ」を置き、歌をうたわずにいられない自分であることをアピールしている。「故わかぬかなしみ」は理由のわからない「かなしみ」で、青春の「かなしみ」はそれゆえに辛く、深く、貴い。「かなしみども」の「ども」は複数というより、「かなしみ」の擬人化だろう。その得体の知れない「かなしみども」が今日もまた自分を激しく追い、迫ってくる。逃げながら牧水は声のかぎりに歌をうたう。第二句の「うたへり／けふも」の句割れに切迫感が十分に出ている。歌人牧水の姿を鮮やかに印象づける一首だ。

『海の声』

白《しら》鳥《とり》は哀《かな》しからずや空の青海のあをにも染まずただよふ

愛誦歌のアンケートがあると、つねにトップの地位を占める有名歌である。「白鳥」は鷗だろうか、スワンだろうか。一羽なのか、数羽なのか。空を飛んでいるのか、海に浮かんでいるのか。青海原をイメージしたらいいのか、海岸近くを思い描いたらいいのか。すべては読者の想像にまかされているのが魅力である。二句と四句で切れる五七調のゆったりした調べがその魅力を支える。ポイントは結句の「染まずただよふ」。周りのどんな色にも染まらず自らを貫く純粋さ。この結句まで読めば、第二句の「哀しからずや」が感傷などでないことは明らかだ。

『海の声』

山越えて空わたりゆく遠《とほ》鳴《なり》の風ある日なり山
ざくら花

短歌において句切れは重要である。この歌はどこで切って読むかで、一首のイメージがちがってくる。初句から休まないで読み四句で切ると、「山越えて空わたりゆく」のは風ということになる。ところが、二句と四句で切って読めば、山ざくら花が風にのり「山越えて空わたりゆく」の意味に変わる。もちろん、前者の読みでも、風で空に花が舞っている場面は想像できる。しかし、その花は強い風に吹かれ飛ばされている花である。後者の読みだと、ゆっくりと大空をわたっていく山ざくらである。この方が調べもゆったりとし花は悠々としている。

『海の声』

けふもまたこころの鉦《かね》をうち鳴《なら》しうち鳴しつつあくがれて行く

「十首中国を巡りて」の詞書のある歌の冒頭歌。牧水が早稲田の四年生の夏休みの帰省の旅である。いつもの帰省は神戸から船で宮崎に向かったが、このときは中国地方を汽車と徒歩で楽しんだ。旅する心をうたったこの一首、眼目は「あくがれて行く」である。「あくがれ」の「あ」は「在」、「く」は「処」、「がれ」は「離れ」の意味で、心がいま在る処から彼方へむかっていく意。牧水は中学時代から「あくがれ」の語を愛し、使っている。古歌にも「あくがれ」の歌は少なくないが、牧水の場合は、意志的なそれゆえ近代的な「あくがれ」だ。

『海の声』

幾山河越えさり行かば寂しさの終《は》てなむ国ぞ
今日《けふ》も旅ゆく

同じく「十首中国を巡りて」の三首目にある作。初句は「いくさんが」でなく「いくやまかは」と読む。「山《さん》河《が》」は漢語だが「山河《やまかは》」は大和言葉。牧水は近代歌人中で大和言葉を最も多用した歌人である。どれだけの山と河を越えて旅しても寂しさのはてる国はないというこの歌は、旅の歌と同時に境涯詠としても愛誦されている。喜怒哀楽をおりおりに嚙みしめながら乗りこえ渡っていく人生の山と河。目ざすのは「寂しさ」のはてる国という。そのときの「寂しさ」とは何か、寂しさのはてる国がこの世にあるのか。作者とともに考える歌だ。

『海の声』

白つゆか玉かとも見よわだの原青きうへゆき
人恋ふる身を

「二十六首南日向を巡りて」の詞書のある一連の冒頭歌。夏休みに故郷の坪谷に帰省したあと、すぐに未知の県南に船を使って旅した。「わだの原」は広い海原で、一面の青のなかの自分の姿に焦点をしぼってクローズアップし、「白つゆか玉かとも見よ」と世界にむかって叫んでいる。その興奮した叫びをさせているのは恋心である。結句の「人恋ふる身を」が若々しい。四句は初出の「新声」では「青きうへゆく」だったが、「青きうへゆき」の改作で船の動きも心の動きもより躍動したものになった。

『海の声』

檳榔樹の古樹《ふるき》を想へその葉蔭《はかげ》海見て石に似る
男をも

同じく「二十六首南日向を巡りて」より。そして、この歌にはさらに「日向の青島より人へ」の一言を添えている。前の歌で「人恋ふる身」であることを宣言したあとの「人」であり、意中の人である。青島の天然記念物のビロウ樹はヤシ科の高木で、海風に大きな葉をあおらせ立っている雄姿は魅力的だ。牧水は樹の下に坐り、風に吹かれて鳴る強い葉音と絶え間なく押し寄せる潮の音に気持をたかぶらせ、恋人に熱く呼びかけている。樹の下の葉蔭で海を眺めながら、貴女への恋心に満たされ身じろぎもしない男を想えと。

『海の声』

日向の国都井《とゐ》の岬《みさき》の青潮に入りゆく端《はな》に独り
海聴く

「二十六首南日向を巡りて」からもう一首。県南の都井岬を船を乗りついで訪れた。県北部の山間で育った牧水にとってこの大海原もまた日向の国なのだという旅の感慨が生んだ表現が初句の「日向の国」であろう。「岬」が「青潮に入りゆく」という動的な表現がいい。岬は受身に波濤を受けているのではない。憧れて大海原に出ようとして青潮にぶつかっていく岬。そんな岬の先端に坐って海の声をいつまでも聴いている牧水。生涯にわたって旅した牧水は岬を特に愛した。長女の名前を「みさき」と名づけている。

『海の声』

ああ接吻《くちづけ》海そのままに日は行かず鳥翔《ま》ひながら死《う》せ果てよいま

009

「四十九首安房にて」の詞書のある連作のなかの八首目である。安房とは千葉県根本海岸であることも、恋人の園田小枝子との旅だったことも今は分かっている。大胆な初句だ。与謝野晶子の「ああ皐月《さつき》仏蘭西《フランス》の野は火の色す君も雛罌粟《コクリコ》われも雛罌粟《コクリコ》」（『夏より秋へ』）と並んで感動詞で始まる恋の名歌である。海の波も日の行《ゆき》もとどめて時を停止させ、視界からは一切を消去して、一瞬を永遠にしようという恐れを知らぬ若さは、自然にむかって命令の言葉を発している。心身ともに初めて結ばれた歓喜の戦慄が一首をつらぬいている。

『海の声』

君かりにかのわだつみに思はれて言ひよられ
なばいかにしたまふ

同じく「四十九首安房にて」の連作の一首。「わだつみ」は海をつかさどる神のことで、後には単に海を指す言葉になったが、この歌では本来の意味の海神であろう。恋人と一緒に海岸で海を眺めていて、急に不安になって問いかけている。「もし海神が君に言い寄ってきたら、どうなさいますか」と。海神を恋のライバルとして捉えている。レトリックで海を擬人化したと考えるのは浅いと思う。牧水は本気で海神の存在を感じ、嫉妬心を抱いているのだ。明治の青年には海神の「わだつみ」を感じる心があったと言えるが、その感性の古層を蘇らせたのは激しい恋の力である。

『海の声』

いざ行かむ行きてまだ見ぬ山を見むこのさび
しさに君は耐《た》ふるや

第二歌集『独り歌へる』上巻の巻頭歌。「君」に呼びかけ、問いかけている歌である。初句と三句で切れるそのリズムに切迫した心が出ている。「さあ、行こう。まだ見たことのない山の姿を見よう。心を満たしてくれる山をまだ眺めていない寂しさに君は耐えられるか」。その山は実際の山であると同時に恋の高みの山でもあろう。根本海岸から四か月後の作である。友人あての手紙で牧水はこの一首を小枝子に書き送るつもりで、その手紙を破ってしまったと書いている。恋の行方を見定めることのできない懊悩が感じられる。明治四十一年四月の作。

『独り歌へる』

野のおくの夜の停車場《ていしやば》を出でしときつとこそ
接吻《きす》をかはしてしかな

「或る時に」の詞書のある十三首中の二首目。日野市の百草園《もぐさえん》に二人で出かけたことがわかっている。「君は耐ふるや」と歌った前の作より程へての小旅行である。

停車場はステーションの訳語として明治期には盛んに用いられ、石川啄木の「ふるさとの訛《なまり》なつかし／停車場《ていしやば》の人ごみの中に／そを聴きにゆく」（『一握の砂』）は有名だ。

「つと」はさっとの意味。この「接吻」は根本海岸の「ああ接吻」と何と違うことだろう。陽光のもとの長い接吻、それに対し夜の灯のもとでの一瞬の接吻。違ったのは場所ではない。二人の関係が違ってきてしまったのだ。


『独り歌へる』

古寺の木立のなかの離れ家に棲《す》みて夜ごとに
君を待ちにき

牧水は早稲田時代に下宿を十回ほど変えている。入学して最初は麴町。そして、四年生の最後は大学にほど近い原町である（牧水が学生時代に移り変わった下宿については「牧水研究」第三号の高山邦男の「牧水を歩く」が貴重である）。古寺とは専念寺であり、夏目坂を登ったところに今日もある。木立の様子は昔日と変わっているかも知れないが、私が以前に訪れたとき入口に大公孫樹が二本立っていたことが忘れられない。その公孫樹の間をくぐって中に入るのである。小枝子の訪問を夜な夜な待っていた牧水の気持が強く伝わってくる作である。大公孫樹は小枝子の姿を記憶して今も立っている。

『独り歌へる』

ほととぎす聴きつつ立てば一《ひと》滴《たま》のつゆより寂
しわれ生きてあり

「八月の初め信州軽井沢に遊びぬ、その頃詠める歌三十五首」中の一首。「遊びぬ」とあるが、早稲田を卒業して同級生の土岐善麿と軽井沢にアルバイトに出かけた。ほととぎすは『万葉集』以来ずっと詠まれてきた鳥。しかし、牧水は古歌のほととぎすに親しむ前に、坪谷の少年時代にその声に親しんだ。就職問題も結婚問題も忘れ、ほととぎすの声に聴き入っている。その声を聴いていると「四辺《あたり》の風物も何となく原始時代の面影を帯びて来るやうにも思はれ」「自分独りがその中に生きてゐるやうな静寂」を味わうと書いている（『和歌講話』）。

『独り歌へる』

藻草《もぐさ》焚《た》く青きけむりを透きて見ゆ裸体《はだか》の海女《あま》
と暮れゆく海と

『独り歌へる』の下巻の明治四十二年の作。「一月より二月にかけ安房の渚に在りき、その頃の歌七十五首」の詞書がある。一年前には千葉県の根本海岸に小枝子と一緒だったが、この時は一人で根本の近くの布良《めら》海岸に出かけている。一首の場面は明瞭である。「藻草」の語に注目したい。藤原定家の「来ぬ人をまつほの浦の夕なぎに焼くや藻塩の身もこがれつつ」を胸において歌った一首にちがいない。「青きけむり」を透かして見たのは小枝子の面影だったか。「裸体の海女」が小枝子に見えたか。恋に焦がれている「藻塩の身」の自らを歌った作である。藻草焚きも海女の姿も幻影かも知れない。

わがほどのちひさきもののかなしみの消えむ
ともせず天《あめ》地《つち》にあり

前記の「七十五首」の歌のなかの一首で、やはり渚の歌。「わがほどのちひさきもの」と言っているのは、広大な「天地《あめつち》」のなかの一点にもならぬ一点としての自分をイメージしているからだ。『万葉集』に多く使われている「天地」の語を牧水は自作で盛んに用いている。『海の声』に七首、『独り歌へる』に十八首。自然、世界、宇宙の意味をもつ大和言葉の「あめつち」は牧水にとって自己の存在の出自であり、根拠だった。「かなしみ」は「あめつち」に消えた方がよかったのか、消えてはならなかったのか。

『独り歌へる』

山奥《やまおく》にひとり獣《けもの》の死ぬるよりさびしからずや
恋終りゆく

明治四十二年春ごろの作で、ついに「恋終りゆく」と歌われている。では、恋の終りとはどういうことか。失恋ではない。相手と心身ともに一体となろうとする欲求があるかぎり恋は生きている。その欲求を失った心を「山奥にひとり獣の死ぬるよりさびし」と歌っているのだ。自分への懐疑、恋人への不信。このころ牧水は友人にあてた手紙に次のように書いている。「恋の最後、何といふあさましい悲惨な事実でせう……男のこころは女にわからず、女のこころを男は掬まず、むきむきに寂しく冷たくなつて行かうとする。ああこの終り」（明治42年3月3日）。

『独り歌へる』

水無月の洪水《おほみづ》なせる日光《につくわう》のなかにうたへり麦《むぎ》
かり少女《をとめ》

麦刈りが歌われている六月の歌で、明治四十二年の作。恋の苦悶からすっかり解放されたのではないが、麦を刈る少女たちの姿に目を凝らしている。夏のまぶしいばかりの光を「洪水なせる日光」と表現しているのが印象的だ。すこやかに働く少女たちに心を洗われる思いだったにちがいない。

牧水は少女をしばしば歌っている。「少女子《をとめご》の夏のころもの襞《ひだ》にゐて風わたるごとにうごくかなしみ」「おぼろ夜の停車場内《ていしやばない》の雑沓《ざつたふ》に一すぢまじる少女《をとめ》の香《か》あり」「秋かぜは空《そら》をわたれりゆく水はたゆみもあらず葦刈《あしか》る少女《をとめ》」。鋭敏な感覚で少女を捉えている。

『独り歌へる』

吾《われ》木《も》香《かう》すすきかるかや秋くさのさびしききは
み君におくらむ

牧水の短歌のなかで初出の雑誌が確かめられないものが少なからずある。それらの歌は制作年代が当然わからない。歌集制作の折に作歌して入れた新作もあるだろう。『海の声』『独り歌へる』を合わせ、旧作を拾い、さらに新作を加えたのが第三歌集の『別離』で、初出不明のこの歌もそのなかにある。林芙美子の小説中に引かれるなど人気のある歌だ。「君」におくるのが「さびしききはみ」の、花ともいえぬような花々であるのが清新で印象に残る。なお、私はこの「君」は牧水が早稲田の一年生のときに知りあった内田もよという女性であると推論している（『若山牧水——その親和力を読む』の「運命の女」参照）。

『別離』

草ふかき富士の裾野をゆく汽車のその食堂《しよくだう》の
朝の葡萄酒

この一首も前の歌と同じく雑誌の初出不明である。いつ頃の作だろうか。参考になるのは歌集でこの歌の前に置かれている二首である。「みだれ降る大ぞらの星そのもとの山また山の闇を汽車行く」（伊賀を越ゆ）、「峡《かひ》出て汽車海に添ふ初秋の月のひかりのやや青き海」（駿河を過ぐ）。夜間から夜明けにかけての東海道線上りの汽車である。待ちかねていた富士山の雄姿、そして朝の葡萄酒。財布に余裕はなかったろうが、一ときを楽しんでいる。開業して間もない「列車食堂」は精養軒が経営しているようだ。牧水は白を飲んだか、赤だったか。当時の値段表を見ると赤の方が安い。

『別離』

あをばといふ山の鳥啼くはじめ無く終りを知らぬさびしき音《ね》なり

021

『独り歌へる』の終章「六七月の頃を武蔵多摩川の畔なる百草山に送りぬ、歌四十三首」のなかの作。百草山は思い出の地であり、過去のもろもろのできごとが否応もなく脳裏に浮かんできたはずである。「あをば」とは青葉梟《あおばずく》のことで、夜間の大樹の上でほうほうと啼く。その声を「はじめ無く終りを知らぬさびしき音」とは深く心にしみる表現だ。牧水は自分の寂しさもそのようなものとして覚りつつ青葉梟の声を聴いていたにちがいない。「恋《ラブ》といふ奴は一度は失敗してみるもいいかも知れぬ、そこで初めて味がつくやうな気がするね。——悲惨なる負け惜しみかも知れぬ」と友人に書き送っている（明治42年7月12日）ころの作。

『独り歌へる』

海底《うなぞこ》に眼《め》のなき魚《うを》の棲《す》むといふ眼《め》の無《な》き魚《うを》の
恋《こひ》しかりけり

第四歌集『路上』の巻頭歌である。「眼の無き魚」が切に恋しいとは、激しい現実拒否の心であろう。ギリシア悲劇でオイディプス王が、また謡曲で景清が盲目になった話をふと思い出す。海底の漆黒の闇のなかで何を見る必要もなくじっとしていたいという欲求はぎりぎりの生だが、死は考えていない。前年の手紙に「手も足もない沈黙、目も耳もない沈黙、私は全くそれを愛せざるを得ないのです」（明治42年3月24日付）の言葉がある。失恋を契機にして自己自身への重大な問いの前に苦悶している。同時期の作「手《て》を触《ふ》れむことも恐《おそ》ろしわがいのち光《ひかり》うしなひ生《いき》を貪《むさぼ》る」。

『路上』

たぽたぽと樽《たる》に満《み》ちたる酒《さけ》は鳴《な》るさびしき心《こころ》
うちつれて鳴《な》る

歌い出しの「たぽたぽと樽に満ちたる」がまずいい。「たぽたぽ」は樽のなかにたっぷり入っている酒が揺れ動いている音である。樽を開ける前に静かに揺らして音を楽しんでいるのだ。この上二句には「た」音が四つあってリズミカル。第二句の「樽」と「満ちたる」は意図したものだろうか。リフレインの遊び心。しかし、ポイントは下句の「さびしき心」である。樽のなかで揺れる酒の音まで違って聞こえてくる。友人からおくられてきた酒樽であることが後に続く三首でわかる。恋愛・結婚問題の行きづまりからくる苦悩が牧水を強く酒に向かわせた。明治四十三年の作。

『路上』

ふるさとは山《やま》のおくなる山《やま》なりきうら若き《わか》母《はは》
の乳《ちち》にすがりき

眼目は「うら若き母の乳にすがりき」である。みどり子のときのそんな記憶があるものだろうかという問いは野暮だろう。自力でどうすることもできない事態にぶつかったときに幼返りする退行という心理の働きを感じる。斎藤茂吉の後の歌「あが母《はは》の吾を生ましけむうらわかきかなしき力《ちから》おもはざらめや」（『あらたま』）と比較鑑賞してみたくなるが、共通するのは「うらわかき」の語である。母マキが牧水を産んだのは三十八歳のときで、決してうら若くなかった。「うら若き母の乳」とは、苦行後のゴータマ・シッダッタが村娘から供養に受けた「乳粥」のイメージだったように思う。

『路上』

別《わか》れたるをんなが縫《ぬ》ひしものなりき古《ふる》き羽《は》織《おり》
を盗《ぬす》まれにけり

別れた女性を憎く思っていたら、彼女が縫った羽織など自分から捨ててしまうことだってあるだろう。牧水はだが小枝子の縫った羽織を大切な形見として身につけ外出していたのである。彼女は裁縫女学校に通っていたことがあり、仕立てもよかったにちがいない。羽織を盗まれて牧水は大いに口惜しかったか、彼女との縁はもう切れたと悄然としたか。このころの歌に「なほもかく飽《あ》くことしらずひとを思《おも》ふわれのこころのあはれなるかな」「わが小枝子《さえこ》思《おも》ひいづればふくみたる酒《さけ》のにほひの寂《さび》しくあるかな」がある。小枝子の実名を出して歌ったのは心のなかで恋が終ったからだという俵万智の指摘がある。

『路上』

かたはらに秋《あき》ぐさの花《はな》かたるらくほろびしも
のはなつかしきかな

「秋ぐさの花」とは萩や桔梗などでなく、地に低く群れ咲くいわゆる名もなき花々である。その花が語りかける言葉に耳を傾けるというのは、牧水はおそらく寝ころがっているのだろう。低いアングルがこの一首の特色だ。「ほろびしもの」が何を指しているのかはわからない。「なつかしき」の語に注目したい。この語の本来の意味は「近寄りたい」「心が惹かれる」であり、牧水は例えば初めて会った魅力ある人も「なつかしき」と言っている。「ほろびしもの」が恋愛であれ何であれ、ほろびたことを悔いてない。秋ぐさの花も自らも共にほろびる者として光を浴びている。明治四十三年秋の信濃の旅での一首。

『路上』

白玉《しらたま》の歯《は》にしみとほる秋《あき》の夜《よ》の酒《さけ》はしづかに
飲《の》むべかりけれ

前の歌と同じく、明治四十三年秋に信濃を旅したときの作。「信濃国浅間山の麓に遊べり、歌九十六首」の詞書がある。東京では苦悩からしばしば自虐的な酒を飲んでいたが、旅先でのこの酒の歌は対照的と言えるほど心が澄んでいる。句切れのない調べにうるおいがある。酒の一滴《ひとしずく》を「白玉」にたとえ、その酒が「歯にしみとほる」とは魂にしみとおっているのだ。一首のなかの三つの「し」音が印象的で、上の句は清音だけの透明感、下の句はあえて「づ」「べ」の濁音を交えて全体を軽々としたものにしていない。牧水が計算して作歌したとは思えない。酒を口に含みつつおのずから溢れた歌か。

『路上』

秋《あき》かぜの信濃《しなの》に居《を》りてあを海《うみ》の鷗《かもめ》をおもふ寂《さび》しきかなや

前の歌に続いて信濃での一首。あくがれて訪ねてきた秋景色の美しい信濃。ところが、その信濃で牧水はまた別の場所にあくがれる。「あを海の鷗」を見たいと。旅先でさらに旅にあくがれる、「寂しき」心。このころに書いた手紙の一節。「ああ、何だか遠くも来にけるかなのおもひが仰々しく起つて来さうです。困る、困る、だつてもう一ヶ月の余になりましたよ、これから越後、越中、能登、加賀、若狭……遠い遠い、行くのはいやですねえ。それでも碧玉のやうな日本海の浪の破片が眼に浮びます。ちらちら雪が降つて寒くて凍えて身体中の声を張りあげて叫んでみたい」（明治43年10月13日）。

『路上』

虚無党《きよむたう》の一死《いちし》刑囚《けいしう》死《し》ぬきはにわれの『別離《べつり》』を読《よ》みゐしときく

「虚無党」は『広辞苑』に「十九世紀後半のロシア革命家の一派を呼んだ語」とある。牧水が歌っている「虚無党の一死刑囚」とは明治四十三年の大逆事件の一人の死刑囚のことである。その死刑囚とは管野スガという説が有力である。幸徳秋水と管野スガの恋愛はよく知られている。管野スガは与謝野晶子を読むなど短歌にも関心を寄せていた。その彼女が牧水の恋愛歌集を読んだことは十分に想像される。では、牧水は「一死刑囚」が『別離』を読んでいたことを誰から聞いたか。石川啄木からと考えられる。牧水は「一死刑囚」の最期の痛切な心情を深く思いやっている。死刑執行直後の明治四十四年の『路上』作。

ほそほそと萌《も》えいでて花《はな》ももたざりきこのひともとの名《な》も知《し》らぬ草《くさ》

草萌える春とはいうものの、ひどく細くやっと萌え出ている草。よく見ても花をつけていない。一体なんという草だろうと思ってしみじみ眺めている。「秋ぐさの花」の言葉を聴いた牧水だ。草の言葉を聴きたかったか。恋の終焉を歌った「啼かぬ鳥」六十三首（「創作」明治44年3月）の掉尾を飾っている一首である。この歌を取りあげて解釈と鑑賞を行ったのは俵万智著『牧水の恋』が初めてである。小枝子との間に生まれて里子に出したが死んだ子どものことを歌ったのかも知れないという新解釈である。他に知られることを憚り、ひそかに一人うたった亡き子のための鎮魂歌は青春の鎮魂歌でもあった。

『路上』

秋《あき》、飛沫《しぶき》、岬《みさき》の尖《とが》りあざやかにわが身《み》刺《さ》せかし、旅《たび》をしぞ思《おも》ふ

読点が三か所も使われているのがこれまでの牧水の歌とちがう。五七調のこの歌の上二句は三つの名詞を羅列して、しかも読点で切れを印象づける歌い方である。ぷつんぷつんと言葉を切って、なめらかな韻律を拒んでいる。「アキ」「シブキ」「ミサキ」「トガリ」の四つの「イ」音が鋭くひびく。それゆえ四句の「わが身刺せかし」に切実さがより感じられる。この命令形には新しい秋を迎えて、いつまでも旧い自分にとらわれているなという覚悟を感じる。自らを新しくする旅を求めている歌である。明治四十四年も後半になり、牧水は生き方においても歌い方においても革新を求める。

『死か芸術か』

浪《なみ》、浪《なみ》、浪《なみ》、沖《おき》に居《を》る浪《なみ》、岸《きし》の浪《なみ》、やよ待《ま》て
われも山《やま》降《お》りて行《ゆ》かむ

「旅をしぞ思ふ」と前の歌で歌い、間もなく牧水は旅に出た。「十月、十一月、相模の国をそこここと旅しぬ」の詞書のもとに三十一首を詠んでおり、そのなかの一首、初句の「浪、浪、浪」は浪を目にしたときの感動そのままだろう。きっと岬の森から出てきて浪に対面したのだ。沖の方の波、岸近くの波、一つ一つの波に、声を出して「さあ待ってろよ、いま降りて行くからな」と。この呼びかけの「やよ」は牧水短歌にしばしば登場する語で、彼がいかに人間であれ自然であれ、いとしい対象にむかって呼びかける歌人であったかを示している。

『死か芸術か』

なにゆゑに旅《たび》に出《い》づるや、なにゆゑに旅《たび》に出《い》づるや、何故《なにゆゑ》に旅《たび》に

年が明けて明治四十五年の早春に長野県、山梨県を旅している。その十六首のなかの一首。自問の歌である。「なにゆゑに旅に出づるや」のリフレインは内心をそのまま吐露した言葉と言っていい。ただし、結句の韻律に注目したい。五三の字余りの八音は声に出して読んでみるとよくわかるが切迫感がある。叫びのような八音だ。牧水は旅の歌人と言われる。それはよく旅をしたからというのが一つの理由である。しかし、牧水を旅の歌人と呼ぶのがふさわしいのは、旅をしながら旅とは何かを問い、何故に自分は旅しているかを問うているからである。旅を問うことは人生を問うことだった。

『死か芸術か』

山《やま》に入《い》り雪《ゆき》のなかなる朴《ほほ》の樹《き》に落葉松《からまつ》になにとものを言《い》ふべき

前記の十六首の旅のなかの作である。まだ雪が多く残っている山中に足を踏み入れている。朴の樹も落葉松も牧水が好きな樹木である。朴の白い花も落葉松の若葉も美しいが、今は雪をかぶり寒さに耐えて立っている。その樹々に「なにとものを言ふべき」。牧水は樹々に優しい言葉を実際に声に出して言ったにちがいない。そして、逆に樹々に励まされたにちがいない。孤独を生きる自分を。この歌に続いて「雪《ゆき》ふかき峡《かひ》に埋《うも》れて木《こ》の根《ね》なす孤独《こどく》に居《を》らむ、陽《ひ》も照《て》るなかれ」と詠んだ作がある。しかし、いつまでも山中にいるわけにいかず、旅も終えないわけにはいかないことを牧水は一方ではわかっていた。

『死か芸術か』

初夏《はつなつ》の曇《くも》りの底《そこ》に桜《さくら》咲《さ》き居《を》りおとろへはてて
君《きみ》死《し》ににけり

「四月十三日午前九時、石川啄木君死す」の詞書がある四首の第一首。啄木と牧水は深い交友関係があった。啄木の家族以外でその最期を見取ったのは牧水だけだった。

四月なのに蒸し暑くどんよりと曇った日だったらしい。「底」の語は社会の底もイメージさせる。三句に注目したい。定形の五音の「桜咲く」でなく、字余り七音の「桜咲き居り」はいかにも気怠い桜である。この時期なら八重桜であろう。「おとろへはてて」には薬を買う金もなく死なねばならなかった親友を悼む気持が痛切に出ている。啄木の最期を記した牧水の心に残る文章が別に残っている。

『死か芸術か』

旅人《たびびと》のからだもいつか海《うみ》となり五月《ごぐわつ》の雨《あめ》が降《ふ》るよ港《みなと》に

「五月の末、相模国三浦半島の三崎に遊べり、歌百十一首」の中ほどの作。牧水は塩尻の太田喜志子に求婚し、上京した彼女と五月の初めに結婚生活を始めた。そして二人で三崎に出かける予定だったが、旅費が足りず、やむを得ず一人で出かけた。旅立たせてくれた喜志子に手紙を送っている。「御身の良人は、太陽と、海と、人生とを歌はねばならぬ。最愛なる妻よ、浄きこころをもて、御身の良人の世にも清らかなる天才なることを信ぜよ」(明治45年5月30日)。高揚した気持が伝わる。掲出の一首は佐佐木幸綱が、自然の一部としての人間の様態を歌った注目作として取りあげ、広く知られるようになった。

『死か芸術か』

かんがへて飲《の》みはじめたる一合《がふ》の二合《がふ》の酒《さけ》の
夏《なつ》のゆふぐれ

調べがこころよい。歌の途中に終止形はなく、流れるように三十一音が展開していく。読むうえで句切れを入れれば二句と四句だろう。すなわち「かんがへて飲みはじめたる／一合の二合の酒の／夏のゆふぐれ」。五七調である。「かんがへて」の中味は下の句まで読めば酒量のことかなと思えるが、必ずしもそう思わせないところが魅力だ。三句以降の四つの「の」の音のつくりだしているなめらかな調べは絶品と思うし、「夏のゆふぐれ」の「夏」も効いている。なかなか日の暮れない明るいゆうぐれである。明治四十五年六月の作で、新婚時代の一首だ。だが、この穏やかな暮らしも長くは続かなかった。

『死か芸術か』

ふるさとの尾鈴《をすず》の山《やま》のかなしさよ秋《あき》もかすみ
のたなびきて居《を》り

明治四十五年七月末に牧水は郷里坪谷に帰った。父が危篤という電報を受けとり、奔走して旅費を作って四年ぶりに帰郷したときの作である。初句の「ふるさと」の語に思いがこもっている。東京に長く生活し、心の隅に追いやっていた「ふるさと」に対面しているのである。尾鈴山は少年時から親しんだ山であり、生家からいつでも眺められた。秋はことに澄んだ大気のなかで山の姿が美しいが、今は霞がかかっている。尾鈴山を懐かしみつつその前ではればれとあることのできぬ心の表現が「かなしさ」だろう。愛《かな》しさと悲しさ。さいわい父の病状はそれほど重くなかった。『みなかみ』の巻頭歌。

『みなかみ』

二階《かい》の時《と》計《けい》したの時《と》計《けい》がたがへゆく針《はり》の歩《あゆ》み
を合《あ》はせむと父《ちち》

帰郷した牧水は父親の立蔵と起居を共にして暮らし、父の姿を多く詠んでおり、そのなかの一首である。二階と一階の時計の時刻がずれているのを父が合わせようとしている。病後の老人がそんなことをしなくていい。しかし、そんな瑣事しかすることのない父を牧水は傷ましく見つめている。たとえ二つの時計の針の「たがへ」を合わせたところで、世間や家族と「たがへ」てきた父の「歩み」は今さらどうしようもないのだと。結句の「合はせむと」の言いさしの終り方に牧水の心が出ている。この父と息子は回りから「敗残者」と見られている点で同志であり、互いに良き理解者だった。

『みなかみ』

つるむ小鳥《ことり》うれたる蜜柑《みかん》おち葉《ば》の栴檀家《せんだんいへ》をめ
ぐりて夕陽《ゆふひ》してあり

帰ってきた故郷で目にした三つを並べている。「つるむ小鳥」。小鳥の姿をしばしば見るなかでなぜ「つるむ」小鳥なのか。蜜柑はなぜ「うれたる蜜柑」なのか。そして、牧水の家の前には梅檀の木が確かに立っているがなぜ「おち葉の梅檀」なのか。この歌を取りあげたのは馬場あき子以外にはいない。「この三つのものは、どれも共通して言えるのは、胸苦しいような発展性のない無限の繰り返しを思わせる円環状況なのです」（第六回若山牧水賞記念講演「破調の牧水」）。その円環状況に夕陽が最後の光を当てているという表現に牧水の心を読みとる馬場あき子の読みが深い。

『みなかみ』

寸《すん》ばかりちひさき絵《ゑ》にも似《に》て見《み》ゆれおもひつ
めたる秋《あき》の東京《とうきやう》

故郷の坪谷に押しとどめられた牧水は、村人や親族とできるだけ顔をあわせないように外出も控えている。彼らの態度は予想以上に冷たかった。大学を出てきちんとした就職もせず、長男なのに親の面倒も見ない親不孝の息子と見られていたからだ。牧水は死んだつもりになって耐えるしかないと友人に手紙を書き送っている。そんな牧水は東京をしきりに心の底で想う。だが、それは「寸ばかりちひさき絵」の幻影のような東京であることが辛かった。「数寄屋橋《すきやばし》より有楽座《いうらくざ》見《み》るものごしにこころをなしておもふ秋《あき》の市街《まち》」。

『みなかみ』

飲《の》むなと叱《しか》り叱《しか》りながらに母《はは》がつぐうす暗《くら》き
部屋《へや》の夜《よ》の酒《さけ》のいろ

故郷を離れた延岡時代、早稲田時代に母恋いの歌を牧水は多く詠んでいる。しかし、今回の帰郷時の母はさすがに厳しかった。言葉強く叱られた。この歌は二人で酒を飲んでいる場面。酒や文学におぼれる生活を戒めつつ、一方で盃に酒をついでやっている母の姿が印象深い。下の句「うす暗き部屋の夜の酒のいろ」の結びの「酒のいろ」が絶妙である。その「酒のいろ」に母の心を読みとろうとしている。母の歌をさらに二首。「くづ折《を》れてすがらむとすれど母《はは》のこころ悲哀《ひあい》に澄《す》みて寄《よ》るべくもなし」「うちつけにものいふことをも恐《おそ》れ居《を》るその児《こ》をなほし憎《にく》みたまふや」。

『みなかみ』

納戸《なんど》の隅《すみ》に折《をり》から一挺《ちやう》の大鎌《おほがま》あり、汝《なんぢ》が意志《いし》
をまぐるなといふが如《ごと》くに

前歌集『死か芸術か』の時期から試みられていた破調の歌が『みなかみ』ではさらに多くなり、その破調も大胆になっている。かつての定形美の韻律を革新する気持が生じていたときに帰郷する事態となり、その故郷の重圧と闘うように定形と闘っている印象である。特に破調著しい「黒薔薇」の章のこの巻頭歌はよく知られている。七、九、六、十二、七、の四十一音で、十音の字余りだが、四句をのぞいては定形のリズムを大きくこわしておらず、特に結句の七音が締めている。大鎌からの十一音のメッセージに牧水の心を読みとることができる。

『みなかみ』

さうだ、あんまり自分《じぶん》のことばかり考《かんが》へてゐ
た、四辺《あたり》は洞《ほらあな》のやうに暗《くら》い

口語の歌である。実感に即した表現をめざしたときにこのような口語の破調歌、いやもう自由律と言うべきだろうか。破調の歌として、作者の読点にしたがって読めば、「さうだ、あんまり／自分のことばかり／考へてゐた、／四辺は洞の／やうに暗い」の七、九、七、九、六音か。内容はこれまでの自分の生活が故郷の両親のことをなおざりにしてきたことについての忸怩たる思いであり、身のまわりの洞《はらあな》の暗さを当然として自己批判している歌と読める。篠弘は「むきだしの告白ぶりは、まぎれもなく自然主義文学」と評した（『自然主義と近代短歌』）。

『みなかみ』

全《まつた》く自由《じいう》な絶対境《ぜつたいきやう》がないものなら、斯《か》うして
眺《なが》むる薔薇《ばら》はうつくしい

「全く自由な絶対境」。そんなものはこの世のどこにもないと誰しも考える。しかし、牧水は「自由な絶対境」を求めて青春の日々を生きてきた。恋愛も二人で実現する「自由な絶対境」の世界のはずだったが、破綻の結果が待っていた。故郷に呼びもどされた今、牧水は「自由な絶対境」は幻であることを知った。そんなときに目に入った机上の薔薇。その薔薇は「冬《ふゆ》の薔薇《さうび》われを憎《にく》める姉《あね》の娘《こ》が折《を》りてあたへしくれなゐ薔薇《さうび》」だった。弟の勝手な生き方を怒っている姉の娘である。幼い娘はどんな気持で薔薇の花をプレゼントしたのか。それはわからないが、牧水が新鮮な感情を抱いたことは下の句で十分にわかる。

『みなかみ』

きゆうとつまめばぴいとなくひな人形《にんぎやう》、きゆうとつまみてぴいとなかする

牧水にはスヱ、トモ、シヅの三人の姉がいた。年が一番近いシヅとも八歳離れている。そのシヅの長女がキヌで、大人たちが牧水に対する態度が厳しいなかで、キヌは優しかったようだ。そのキヌの人形で遊んでいる一首である。胸をおさえてなかせる人形。その人形の胸を「きゆうとつまみてぴいとなかする」牧水の姿である。牧水は童心にかえったのか。そうではあるまい。自分で声をたてることのできない人形に自らを投影しているのだ。父親は十一月十四日に急死した。共に生きていく予定の父が亡くなり、牧水が以後の進路を決めかね、悩んでいる時期の歌である。

『みなかみ』

この絵《ゑ》のやうにまつ白《しろ》な熊《くま》の児《こ》となり、藍《あゐ》いろの海《うみ》、死《し》ぬるまで泳《およ》がばや

この歌を読めば、牧水の読者なら『海の声』の「白鳥は哀しからずや空の青海のあをにも染まずただよふ」の一首をすぐに思い出すだろう。一面の青のなかの白の孤独と悲哀を流麗な調べで歌った有名な作だが、同じように藍いろのなかの白でも『みなかみ』のこの歌はいくらかユーモラスである。白鳥でなく、白い熊の児。上の句のくだけた口語と、下の句「泳がばや」（泳ぎたいの意）の文語のちぐはぐさも、何となくおかしい。姪の絵本を眺めながらも、牧水は身の振り方を考えているのだ。「ばや」は控え目な希望である。牧水は再び上京しても今回の帰郷以前のように生きることは難しいと考えている。

『みなかみ』

万葉集《まんえふしふ》、いにしへびとのかなしみに身《み》も染《そ》まりつつ読《よ》む万葉集《まんえふしふ》

早稲田時代から愛読してきた『万葉集』。帰郷し、人びとの厳しい視線にあい、父親を喪って、以後の生き方を考えている牧水に『万葉集』はどう読まれただろうか。このころ書いたエッセイに「私はこのごろ、人から送られて、人麿の歌集を読みました。そののち、幾日もたたぬうちに、これも人から借りて『路上』を読みました。……何とも云へぬ涙をおぼえました」「唯だ心の注がるるのは、最も切端迫つたいまであるのです。寧ろ未来といひたい位のいまであるのです」（「遠き日向の国より」）。「いにしへびとのかなしみ」が「寧ろ未来といひたい位のいま」を思わせ、牧水の心は決まったか。

『みなかみ』

膝に泣けば我が子なりけり離れて聞けば何に
かあらむ赤児ひた泣く

大正二年五月、牧水は母親の許しも得て父なき故郷の家を出立した。途中で愛媛県岩城島に滞在したりなどして、六月から妻喜志子と長男の三人の生活が東京で始まった。喜志子が塩尻の実家で四月末に産んだ長男は牧水によって旅人と名づけられていた。赤児と暮らす生活は新鮮だったが、よく泣き、そして泣き始めたら泣きやまぬのにとまどい、まごついている。「離れて聞けば何にかあらむ」は読者にはおかしみを感じさせる言い方だが、牧水の実感が伝わる。一方、「或時《あるとき》は寝入らむとする乳呑児《ちのみご》の眼ひき鼻ひきたはむれあそぶ」などの歌もあってその父親ぶりが面白い。

『秋風の歌』

すずかけは落葉してあり吹くとしもなき秋風
のあさの路傍に

すずかけの木は高木の落葉樹である。しみじみとした歌で、「すずかけの落葉ひろふとかいかがめば地《つち》の匂ひてまなこ痛めり」の歌と一緒に並んでいる。結句の「まなこ痛めり」は心の痛みを感じさせる表現である。そしてまた「死にゆきしわが恋ごころを絵の如くながめてゐしがやがてかなしき」の歌も置かれている。五年間の恋愛で苦悩し疲労した心身から完全には回復していないのだろうか。新たな良き伴侶喜志子を得て子も生まれたのに。しかし、家には笑顔で帰ったようだ。喜志子は「朝がへりさびしき人はすずかけの落葉拾ひてほほゑみて来ぬ」と歌っている（『無花果』）。

『秋風の歌』

わが如きさびしきものに仕へつつ炊《かし》ぎ水くみ
笑むことを知らず

牧水は自らを「わが如きさびしきもの」と歌っている。一体どんな自分だと言っているのか。若いときからの寂しさもある。恋人を失った寂しさもある。だが、念願の上京を果たし、愛する妻と子も得た暮らしをしているではないか。それでも晴ればれとしない心の持主の自分だと歌っているのだろう。辛く苦しいのは妻である。牧水から強い熱愛の言葉で求婚され、塩尻の実家を飛び出すようにして結婚したのだが、夢見た結婚生活ではなかった。喜志子はそれでも、それだからこそ、牧水に尽した。そんな喜志子の健気さが牧水にはわかっていたという一首である。

『秋風の歌』

妻や子をかなしむ心われと身をかなしむここ
ろ二つながら燃ゆ

052

「妻や子をかなしむ心」を十分にもち、現実に妻と子を愛し満足した暮らしをしている。だが、一方で「われと身をかなしむこころ」があるという。平穏で幸福な暮らしの日々に、不意に理由もなく旅に出かけたくなる。用事のある旅ではない。ただ若葉を見たいとか、渓谷のほとりに立ちたいとかが、あえて言えば理由である。そんな「二つながら」の心は誰しもあると思うが、牧水は著しい。旅に夫が出れば喜志子は寂しいけれども、夫の心を深く理解していた彼女はこう歌っている。「やみがたき君がいのちの飢《うゑ》かつゑ飽き足らふまでいませ旅路に」(『筑摩野』)。

『秋風の歌』

昼《ひる》の井戸《ゐど》髪《かみ》を洗《あら》ふと葉《は》椿《つばき》のかげのかまどに赤《あか》
き火《ひ》を焚《た》く

大正四年の新年早々に喜志子は腸結核のため入院したものの一まず退院できた。が、医師から転地療養をすすめられた。そこで神奈川県三浦半島の北下浦に一家で移り住む。牧水の早稲田時代の友人の紹介によるものだった。島流しにあったような気持の喜志子は初めは特に心細かった。「わびしさの影かもわびしうちつれて土筆《つくし》を摘むと親子の三人《みたり》」(『無花果』)と歌っている。やがては環境に慣れていったが、移住して間もなくの妻の様子を歌ったのが掲出の一首である。同時作「かたはらに昼《ひる》の焚火《たきび》の燃《も》えしきりあをじろき汝《な》がはだへなるかな」。妻の回復を祈るまなざしだが、エロティックでもある。

『砂丘』

尺《しやく》あまり二尺《しやく》に足《た》らぬ子《こ》がたけの悲《かな》しくぞなる浜《はま》の浪《なみ》の前《まへ》に

「吾子旅人」の二首から。北下浦に来て旅人は満二歳になった。友達が特にいるわけでなく、庭先でひとり鶏を追いかけて遊んでいるような日々だったらしい。そんなある日に二人で近くの浜を訪れたときの作。牧水はズングリムックリの渾名がついていたように身の丈が低く旅人も同年齢の子より小さかった。しかし、眼目はそこにない。地元の子ども達はおそらく裸になって海に入り浪に飛びこんだりしているのだろう。ぽつんと一人立っている小さなわが子へのいとしみが「悲しくぞなる」の気持だろう。世間という大浪にこれから立ち向かっていかざるを得ぬわが子の将来にも思いを及ぼしている。

『砂丘』

時《とき》をおき老樹《おいき》の雫《しづく》おつるごと静《しづ》けき酒《さけ》は朝《あさ》に
こそあれ

牧水は三浦半島に移り住み、暮らしもやや落ちついた三か月後に旅に出ている。栃木県から長野県への三十日の旅である。栃木では喜連川町に友人の高塩背山を訪ねている。背山は「創作」の有力歌人で、牧水と同じく酒を愛したので、二人の酒宴は尽きることがなかった。「飽《あ》かずしも酌《く》めるものかなみじか夜《よ》を眠《ねむ》ることすらなほ惜《をし》みつつ」「盃《さかづき》をおかば語《かた》らむ言《こと》の葉《は》もともにつきなむごとく悲《かな》しく」の歌がある。そして、夜通しに飲んで朝酒の一首が掲出の歌である。夜の酒をたっぷり賑やかに飲んで、そして朝の「静けき酒」。上の句の比喩の味わいが絶妙である。この朝酒のときは一人か。

『砂丘』

少女子《をとめご》がねくたれ帯《おび》か朝雲《あさぐも》のほそほそとして
峰《みね》にかかれり

栃木県から長野県への旅の歌は「山の雲」と題して六十首ある。家にあるときでも旅先でも牧水は朝が早い。細く薄い朝雲が峰にかかっているのを眺めながら歩いている場面である。その朝雲を「少女子がねくたれ帯か」とは思いきった表現だ。「ねくたれ」とは寝たためにしどけなくなっていること、寝みだれていることの意味。『日本国語大辞典』には「寝くたれ髪」「寝くたれ姿」はあるが、「寝くたれ帯」はない。峰の上に横にかかった雲をそう言った。同じ「寝くたれ帯」でも「少女子」のそれと言ったのは、雲が「ほそほそとして」いたからである。巧みな「ほそほそと」である。

『砂丘』

うすものの白《しろ》きを透《す》きて紅《くれなゐ》の裳《も》の紐《ひも》ぞ見《み》ゆこ
ち向《む》くなゆめ

長野県に入り、蓼科山麓の春日温泉にしばらく滞在した。鉱泉で、体にいいと勧められたらしい。そのときの「窓辺遠望」三首のうちの一首がこの作。たまたま窓から外を眺めたら、着がえ中の女性の後ろ姿が目に入ったのだ。この確かな描写の表現を読むと、牧水がじっと見入ったことがわかる。結句「こち向くなゆめ」が面白い。本心はこっちを向いてほしいのであり、この一見反対の言い方のほうが気持が強く伝わる。続く一首は「ふくよかに肥《こ》えも肥《こ》えつれ人《ひと》怖《お》ぢず真向《まむか》ふ乳《ちち》のそのつぶら乳《ちち》」。遠望されていることを知らない女性である。牧水には女体を歌った作品が少なくない。エロスの歌人でもある。

『砂丘』

真《ま》酒《さけ》こは御《み》そらに散《ち》らふしら雪《ゆき》のかなしき名《な》
負《お》ひ白《しら》雪《ゆき》来《きた》る

058

酒の歌を三百六十首以上も詠んでいる牧水だが、「真《ま》酒《さけ》」と讃えているのは伊丹市の「白雪」だけである。「真酒こは」と歌い出し、「御そらに散らふしら雪の」と美しい調べで下句を引き出している。「かなしき」は「愛《かな》しき」であり、「名負ひ」という「白雪」の樽の擬人化もさすが愛酒家の牧水である。大正五年に「銘酒白雪」の歌が七首あり、七首すべてに「白雪」の語を用いている珍しい一連だ。以前に「創作」門下の桐田蕗村に連れられて伊丹に行き「白雪」を飲んだ。そのことで製造元（現・小西酒造）と縁ができ、新たに自宅に送ってもらったのである。随想「『白雪』の話」がある。

『朝の歌』

啄木鳥《きつつき》の真赤《まあか》き頭《あたま》ひつそりと冬木桜《ふゆきざくら》に木《き》つつ
きゐたり

南国のひと牧水にとって東北地方は憧れの地だった。三浦半島北下浦の生活も落ちついた大正五年の三月に一か月半の東北への旅に出かけた。盛岡に数日間滞在し、「盛岡古城趾にて」四首を詠んでいる。盛岡といえば親友石川啄木ゆかりの地であり、「不来方《こずかた》のお城の草に寝ころびて／空に吸はれし／十五の心」（『一握の砂』）は当然知っていたはずである。ところが、牧水はその古城趾を訪れながら啄木を回想して歌った作は一首もない。しかし、右の歌のように啄木鳥《きつつき》を詠んでいる。まるで啄木の化身のように。「真赤き頭」が印象的だ。

『朝の歌』

酒戦《さかいくさ》たれか負《ま》けむとみちのくの大男《おほをとこ》どもい群《む》れどよもす

盛岡から牧水は青森にむかった。三月下旬の青森は雪が降っており牧水を喜ばせた。「いつか見《み》むいつか来《こ》むとてこがれ来《こ》しその青森《あをもり》は雪《ゆき》に埋《うも》れ居《ゐ》つ」と歌っている。青森の歌人たちは牧水の来訪を心から喜び、多数の人が宿に押しかけてきた。酒豪で評判の「牧水先生」と酌み交したいという輩も多かった。「酒戦《さかいくさ》」というわけである。縄文人由来のゲノム成分を多く持つのは東北と九州の人間であり、いずれ劣らぬ酒戦だったと思われる。『日本国語大辞典』には酒戦《しゅせん》の語は出ているが、酒戦《さかいくさ》の語はない。「大男どもい群れどよもす」の場面が面白い。

『朝の歌』

雪《ゆき》いよよ峡《かひ》も深《ふか》みてわが馬《うま》の鬣《たてがみ》黒《くろ》く歩《あゆ》まざるなり

061

五所川原に住む友の加藤東籬《とうり》を訪ねる目的で、青森から大釈迦にむかい、そこから馬に乗ることになった。東籬の使いの者は、橇《そり》が予定だったが馬の方が揺れないだろうということで馬を用意してきたという。牧水は馬に乗るのは初めてだった。紀行文「津軽野」にその模様は詳しい。牧水は馬の口を誰か取ってくれるのかと思っていたが、そうでなかった。馬の背に押し上げられ、手綱をとるというより鞍をつかんでの騎馬の旅だった。雪はいよいよ激しく降ってくる。立派な鬣の馬ながら、なかなか思うように進んでくれない……。牧水は必死ながら、読者は面白い。

『朝の歌』

だんだんにからだちぢまり大ぞらの星も窓よ
り降《ふ》り来るごとし

私が記憶するかぎり誰も取りあげたことがない一首である。ユニークさをもつ秀歌と思う。上二句の「だんだんにからだちぢまり」の主語は作者だろうか。それとも「大ぞらの星」だろうか。前者だと大空の下で自分の体の小ささを感じている表現になる。後者だと星たちがだんだんに体を縮め近づいてきて窓から入ろうとしている歌になる。どちらにしても面白い。独特の身体感覚と宇宙感覚である。「夜の窓」四首中の作。牧水はいつでも窓をあけるのが好きだった。大正五年の作。

『白梅集』

今もなほ心かわけば時わかず飲まむとおもふ
この酒ばかり

063

酒を愛し、酒量も多かった。独酌は好みだったが、来客があると酒を出してもてなし、旅先では酒好きの友人が酒樽を用意して待っていた。そんな牧水は三十代前半には体調を時にくずした。大正五年には「おひおひに酒を止むべきからだともわれのなりしか飲みつつおもふ」の作がある。しかし、元来、酒好きの牧水である。そう簡単に止められなかった。右の歌の第二句に「心かわけば」とある。「心が渇く、魂が孤独を叫ぶ、かうした場合が後来私になくなるとすれば或は私は酒をよすかも知れぬ」とエッセイ「私と酒」（『海より山より』所収）に書いている。

『白梅集』

いそいそとよろこぶ妻に従ひて夜半の桜を今
日見つるかも

大正六年春の桜の歌である。牧水に桜の歌は多いが、妻と連れだって夜桜を見物に出かけたというめずらしい歌だ。前年の十二月に北下浦から東京に引きあげて来ていた。前後の作から九段坂の桜とわかる。東京に再び暮らすようになって家をあけてばかりおり、妻に詫びるような気持で夜桜見物に誘ったにちがいない。「いそいそとよろこぶ妻」の表現に、素直に喜んで前を行く喜志子の姿が目に浮かぶ。そして、その姿を見ながらあらためて妻に感謝している牧水。「おほかたはひとの帰りし花見茶屋夜深きに妻と来て酒酌めり」の歌が続く。

『白梅集』

独《ひと》り居《ゐ》て見《み》まほしきものは山《やま》かげの巌《いは》が根《ね》ゆける細渓《ほそたに》の水《みづ》

牧水は四六時中たえることなく渓流の音がきこえる家で育った。今でも牧水生家はそうである。そのためか渓流へのあくがれが強かった。大正六年の夏に「渓をおもふ」と題して七首詠んでおり、右はそのなかの一首。「巌が根ゆける細渓の水」の表現が心に残る。「木立の蔭にわづかに巌があらはれて、苔のあるやうな、無いやうなそのかげをかすかに音を立てながら流れてをる水、ちひさな流、それをおもひ出すごとに私は自分の心も共に痛々しく鳴り出づる」と随想「渓をおもふ」に書いている。もう一首引いておこう。「巌《いは》が根《ね》につくばひ居《を》りて聴《き》かまほしおのづからなるその渓《たに》の音《おと》」。

『さびしき樹木』

或《ある》時《とき》はひとのものいふ声《こゑ》かとも月《つき》の夜《よ》ふけの
葉《は》ずれ聞《きこ》え来《く》

「或夜風冴えて月清し」と題する六首中の最後の歌。自宅の軒近くの欅の葉が風に吹かれてたてる音を聞いている。特色は「葉ずれ」の音について「ひとのものいふ声」の表現だ。葉ずれの音が人声に似ていたと感じたのは欅の木が自分に語りかけていると牧水に思えたからだ。じっと耳を澄ます牧水。「或時は」のさりげない初句の歌い出しが心にくい。読者をしぜんに歌の世界に入りこませる。樹木に対する牧水の強い親和性は生涯変わらなかった。西行と同じである。「ここをまたわれ住み憂くてうかれなば松はひとりにならむとすらむ」（『山家集』）と詠んだ西行は牧水の憧れの人だった。

『さびしき樹木』

中高《なかだか》にうねり流《なが》るる出水河《でみづがは》最上《もがみ》の空《そら》は秋《あき》ぐも
りせり

降り続く雨のために水量の増している最上川を歌っている。川の中央が周りより高くなってうねりながら激しく流れているのである。流れをさすがによく見ている。「中高《なかだか》」の語が的確だ。牧水は普段の言葉を主に使った歌人である。しかし、この歌の「中高」「出水河」のように必要に応じて適切な語を選び一首のなかに生かしている。その語が大和言葉であることも特徴である。この一首、大和言葉だけを使って大きな風景を歌い、感動を表現している。大正六年八月に山形県の新庄から最上川沿いに下って酒田にむかう途中の歌。酒田港ではこんな歌も。「はるばると羽後《うご》の酒田《さかた》に妓買《よねかひ》に来《こ》しとにはあらね来《き》てみれば面白《おもしろ》」。

『さびしき樹木』

石越《いしこ》ゆる水のまろみを眺めつつこころかなし
も秋の渓間に

大正六年八月は秋田、新潟を旅し、初めて塩尻の妻の生家を訪れた牧水は、十一月には秩父地方の渓流に遊んでいる。『さびしき樹木』のところで渓流への憧れの歌を引いたが、その願いを実現した旅だった。流れのなかに頭を出している石を越えていく水を牧水はじっと見つめている。はてしなく石を越えていく水を、不思議な生きものを眺めるように見つめている。心惹かれているのはその柔らかな「まろみ」だ。水のいのちを「まろみ」と捉える牧水の胸には川の源《みなもと》にある泉の水の「まろみ」が思われていたかも知れない。唐突に思われる「かなし」の語には水のいのちの旅に対する感動がある。

『渓谷集』

妻が好む花のとりどりいづれみなさびしから
ぬなきりんだうの花

069

牧水は古典和歌の歌人のなかで西行を最も愛していた。大正六年に『わが愛誦歌』という古典和歌のアンソロジーを編んでいるが、飛びぬけて西行の収録歌が多い。旅を重ねた点でも西行と共通である。ただ、西行が一人身であったのに対し、牧水には妻と子があった。旅をするにしても、牧水は妻子のことを考慮しなければならなかったのである。この一首は秩父の旅に来ていて、竜胆の花を見つけ妻を想ったという歌。「さびしからぬなき」の二重否定が心に残る表現である。喜志子に「摘みためて何するとにはなかりけり落葉がくれのりんだうの花」(『筑摩野』)の作がある。

『渓谷集』

素《す》はだかにいまはならなとおもへるごとその
健《すこや》かの顔はわらへり

大正七年二月に伊豆西海岸の土肥温泉に滞在したときの一連に「海女」二十首の連作があり、そのなかの十四首目の作。誰も取りあげない一連だが、牧水の人間性が飾らず表現されていて面白い。働いている海女の女性たちを親しく思い声をかけたりしている。「おもはぬに言《こと》葉《ば》はかけつ面染《おもそ》めてはぢらふ見《み》れば悔《く》いにけるかも」。そして、彼女たちの身体の美しさに官能を刺激されている。「手くびさへ見《み》つつし居ればこひしさのいま耐《た》へがたしとらむその手を」。掲出歌は彼女たちが素裸になるのを心ひそかに期待しつつ見守っているが、健やかなエロティシズムは牧水らしい。

『渓谷集』

飲仲間といふがうちにも飲口の無二なる汝《なれ》との飲別離《のみわかれ》かな

沼津牧水会の出版している『牧水　酒のうた』には三六七首が収められている。酒の歌だけを集めた面白い本で、そのなかでも「飲」の字を三度用いたこの歌は格別である。「飲仲間」「飲口」「飲別離」。「飲口の無二なる」は飲む口つきはもちろん、相手の人柄への深い愛情と信頼を感じさせる。「飲別離」は『日本国語大辞典』にも出ていない語で、牧水らしい。大正七年四月の作で、「郷里の友平賀春郊の帰国を東京駅に見送る」の詞書がある。いわゆる草鞋酒の一首だ。春郊は延岡中学以来の最大の親友で、牧水から送られた書簡二六四通を大切に保管していた。牧水が常に本心を語った「無二」の友である。

『くろ土』

啼く声のやがてはわれの声かともおもはるる
声に筒鳥は啼く

鳥の声を楽しむ人は多い。しかし、鳥の啼く声を聞いているうちに「やがてはわれの声」と思うという人は多くあるまい。自分が啼いていると牧水は思っているのだ。空筒《からづつ》を打つような声で啼くのでこの名のある筒鳥。牧水がこの鳥をいかに好きだったかは早稲田時代から友人だった北原白秋の随想「ほう、ぽん〳〵」が語っている。開いた口の前で両手をぽんぽんと拍いて牧水が歩きまわる様子を活写している。若いときから筒鳥に変身していた牧水だった。この歌は大正七年五月の比叡山での作。もう一首引いておこう。「筒鳥の筒ぬけ声のあるときははげしく起る真日けぶるなかに」。

『くろ土』

言葉さへ咽喉《のど》につかへてよういはぬこの酒ず
きを酔《ゑ》はせざらめや

目の前の相手は酒ずきで、飲みながら嬉しくてたまらず、言葉さえ咽喉につかえて出てこないほど酒に浸っている。そんな相手をもっと酔わせてやりたい。前の歌に続いて比叡山での作で、泊った古寺の寺男が登場している。酒好きで人生を失敗し、古寺のしがない寺男になっている孝太という老人は酒を断っていたのだが、客の牧水の相伴をしているうちに「有難い、有難い。死ぬ前に一度思う存分飲んでみたかった」と涙まで浮かべて盃を重ねるのである。紀行文「比叡山」「山寺」に詳しくその様子は書かれている。牧水は旅先で出会った無名の人びととの一期一会を心から大切にした。

『くろ土』

今ははやとぼしき銭のことも思《おも》はずいつしん
に喰へこれの鰹を

074

寺男と別れて比叡山を出た牧水は奈良、和歌山を経て、船で那智勝浦を訪れている。途中で財布の中が心もとなくなったが、友人に金を借りている。勝浦港に着いてみれば鰹のシーズン。「したたかにわれに喰《くは》せよ名にし負ふ熊野が浦はいま鰹時《かつをどき》」「むさぼりて腹なやぶりそ大ぎりのこれの鰹の限りは無《な》けむ」などと詠んでいる一連のなかの一首が掲出歌。注目するのは一連の最後の次の歌である。「比叡山の孝太を思ふ大ぎりのつめたき鰹を舌に移す時」。たっぷり酒を飲ませてやっただけ、と言えばただそれだけの孝太をしきりに思っている。この鰹を食べさせながら飲ませてやりたかったなと。

『くろ土』

酒やめてかはりになにかたのしめといふ医者
がつらに鼻あぐらかけり

「このまま酒を断たずば近くいのちにも係るべしといふ、萎縮腎といふに罹りたればなりと」の詞書で始まる「或る頃」十八首中の作。牧水が三十四歳の大正七年秋のころである。医者は牧水の身体を心配して、酒でなく代りの楽しみをもてと親切だが、その医者の言を牧水は聞いているのかいないのか。読者を笑わせる下の句からは医者の言葉を聞くよりもその鼻の形に見入っているようだ。そして、「つら」の語はやや憎々しげで、鼻が「あぐら」をかいているとは心理的復讐？　が生んだ面白い表現だ。「人の世にたのしみ多し然れども酒なしにしてなにのたのしみ」は本音を歌った作である。

『くろ土』

行き行くと冬日の原にたちとまり耳をすませ
ば日の光きこゆ

水源への憧れを強くもつ牧水は大正七年十一月に利根川の水上を見る旅に出た。十一月という遅い時期になったのは金策に時間がかかったためだ。しかし、そのために名歌も生まれた二十日間近くの旅である。この歌は湯檜曽から谷川温泉にむかう途中の一首。第三句は「たち・どまり」ではなく「たち／とまり」の二つの行為の表現で、ゆっくり二音三音で読みたい。そして、眼目は「日の光きこゆ」。光を目で見るだけでなく、その音をしっかり聴いているのだ。牧水は聴覚のすぐれた人だった。幼少期から谷川の音を聴き、鳥の声に耳を澄ましてきた。桜の花の声も。そんな牧水ならではの聡耳《そうじ》の一首である。

『くろ土』

手にとらばわが手にをりて啼きもせむそこの
小鳥を手にも取らうよ

山窪の道に入ると、小鳥の声がきこえてきた。近くの枝に小鳥がいるのが見える。「ちちいぴいぴいとわれの真うへに来て啼ける落葉が枝の鳥よなほ啼け」と牧水は歌っている。「ちちいぴいぴい」のかわいい啼き声をもっと聞かせてくれと。そしてさらに、枝を下りて私の手の上にとまってごらん、そして啼いてごらん、と歌ったのが掲出の一首である。心のなかではすでに手に取っているように思える。牧水は人の姿の見えない山道で決して孤独ではなかった。「近代人の孤独」とは何かを逆に考えさせる。もう一首引こう。「木の根にうづくまるわれを石かとも見て怖《お》ぢざらむこの小鳥啼く」。

『くろ土』

昼は菜をあらひて夜はみみづからをみな子ひ
たる渓ばたの湯に

詞書「谷川温泉は戸数数十あまり、とある渓のゆきどまりに当る、浴客とても無ければその湯にて菜を洗へり」で始まる谷川温泉の歌が二十九首ある。牧水が深い印象を与えられた谷川温泉だった。温泉といっても、当然ながら今日の旅館やホテルの内湯ではない。渓ばたの外湯である。村の女性たちは朝は売りに行く菜を洗い、夕方には仕事から帰ってきた身をひたすのである。月かげにわずかにその姿が見えたのであろう。「わかきどちをみな子さわぎ出でゆきしあとの湯槽《ゆぶね》にわれと嫗《おうな》ばかり」の微笑を誘う作もある。なお、湯槽といっても外湯であり石組みのなされた一角である。

『くろ土』

たたかひの終れるあとに這ひまはる虫けだもの
を追ひ払へ神

「五ヶ年にわたりし欧州大戦漸く終り、平和を祝ふ歌をと某新聞社より求められしに答へて詠める」の詞書をもつ「平和来」七首中の作。牧水は社会詠を歌わなかった歌人と言われる。しかし、社会に関心がなかったのではなく、関心があっても短歌にしなかっただけである。社会よりも時空的に大きい自然が歌の対象だった。「平和来」は新聞社の依頼による作歌だが、「五年《ごねん》ごし永きにわたり戦ひしたたかひのむねを明らかにせよ」「たたかひの一途《いちづ》なりしを勝鬨《かちどき》のいまとりどりに乱れたり聞ゆ」と大局的な視点の作が並んでいる。掲出の一首はヴェルサイユ体制後の権力と資本の動きを鋭く批判している。

『くろ土』

香貫山《かぬきやま》いただきに来て吾子《あこ》とあそび久しく居
れば富士晴れにけり

香貫山は沼津市のシンボル的な山で、標高は一九三メートル。市民に親しまれている山である。私も登ったことがある。牧水一家は大正九年八月に東京を引きはらって沼津に移り住んだ。いくつかの理由があったが、田園生活をしたいとの願いがあったことは言うまでもない。山と海のある温暖な地で、香貫山に登れば大好きな富士山がよく見えた。移り住んで間もなく、満七歳の長男と香貫山に登ったこの一首、三句の字余りは「吾子」とのゆったりした時間を感じさせる。東京の繁忙な生活では持てなかった時間である。「富士晴れにけり」は晴ればれとした心の表現でもあろう。

『くろ土』

天《あま》つ日《ひ》にひかりかぎろひこまやかに羽根《はね》ふる
はせて啼《な》く雲雀《ひばり》見《み》ゆ

ただ単に「日」と言わず「天つ日」と大きく歌い出し、光が揺らめき満ちている空。その空を高く昇りゆく雲雀の声。この歌の特色は声を聞くだけでなく、姿をじっと目をこらして眺めているところだ。「こまやかに羽根ふるはせて」がいい。大伴家持の「うらうらに照れる春日に雲雀あがりこころ悲しも独りし思へば」が当然念頭にあっただろうが、下の句が独自である。結句「見ゆ」もいい。「見る」よりも。生涯に二十首以上詠んでいる雲雀の歌のなかで大正十年のこの一首が代表作と思う。牧水はエッセイで、小鳥の声といえばすぐに思い出すのは雲雀か頬白だと書いている。

『山桜の歌』

海鳥《うみどり》の風《かぜ》にさからふ一《ひと》ならび一《いち》羽《は》くづれてみ
なくづれたり

沼津牧水会が刊行した『牧水　鳥』のアンソロジーによると、牧水が鳥を詠んだ短歌は八四九首である。そのうち「海鳥」の語を用いた作が八首ある。鷗の歌がほとんどだと思うが、鷗の語を使わず「海鳥」の語を使うことで海と空に生きる命の豊かなイメージが広がる。この歌は「静浦三首」のなかの一首で、静浦の名も鳥の種類も消したところで味わいの広がっている作で、その点では「白鳥は哀しからずや空の青海のあをにも染まずただよふ」と同種の作である。白鳥の歌に優るとも劣らぬこの一首を見つけて推賞したのは佐佐木幸綱である。われわれに深読みを誘う「絶品」である。

『山桜の歌』

貧《まづ》しくてもはやなさじとおもひたる四人目《よたりめ》の
子《こ》を抱《だ》けばかはゆき

牧水は西行を慕い、また西行の系譜の歌人とも言われる。ただ、境涯の上で大きく異なるのは、西行が出家した一人身であったのに対し、牧水には妻と四人の子どもがいたことである。旅に出たくても、家に残してゆく家族の生活費を用意しておく必要があった。牧水は大学卒業後にしばらく新聞社に勤めた他は定職に就かず、収入も不安定で少なかった。そして、若いときの放蕩生活から身体も弱り、結婚しても子どもを持てないのではと案じていた。ところが、喜志子と結婚して四人の子をもうけることができた。牧水は旅と自然を愛したが、同じように家族を深く愛した。幸福感あふれる一首。

『山桜の歌』

富士《ふじ》が嶺《ね》や裾野《すその》に来《きた》り仰《あふ》ぐときいよよ親《した》しき
山《やま》にぞありける

富士山というと、遠くから美しい山容を賞でる人が多い。富士山は遠くから眺めるべきであって、近づいて見る山ではないと。牧水はその考えは「真実に近づいて見ぬひがごと」だと随想「富士裾野の三日」で言う。裾野に行き間近に富士山を仰いで記す。「このあらはな土の山、石の山、岩の山が寂《せき》として中空に聳《そび》えてゐる姿を私はまことに如何に形容したらよかつたであらう」「地に一つ、空に一つ、何処《どこ》をどう見てもたつた一つのこの真《ま》裸体《はだか》の山が嶺は柔らかに鋭く聳えて天に迫り」と讃えている。間近で見れば土の山、石の山、岩の山の富士山を「親し」と思う牧水。「大野原の秋」の一首。

『山桜の歌』

登《のぼ》り来《き》て此処《ここ》ゆのぞめば汝《なれ》がすむひんがしの
かたに富士《ふじ》の嶺《みね》見《み》ゆ

初句に「登り来て」とある。上高地を訪れて、焼岳を仰いでるうちに登りたくなり、大正十年十月に登山した。標高二四五五メートルの焼岳は牧水の登った山のうち最高の高さ。紀行文「或る旅と絵葉書」(『みなかみ紀行』所収)に詳しいが、険しい山路だった。その頂上から喜志子の方角を見て詠んだ一首である。旅先にあって妻や子を決して忘れず、しばしば手紙や葉書を書き送っている。全集に収録されている絵葉書では「信濃なる焼岳の峰ゆ汝が住む沼津の上の富士の山見ゆ」となっている。喜志子は「仰ぎつつ此処に小さくをる我を呼び給ひしか富士をよすがに」(『筑摩野』)のさすがの歌を返している。

『山桜の歌』

うすべにに葉《は》はいちはやく萌《も》えいでて咲《さ》かむ
とすなり山桜花《やまざくらばな》

晩年の代表作の一つと言われる「山ざくら」二十三首の巻頭歌である。「三月末より四月初めにかけ天城山の北麓なる湯ヶ島温泉に遊ぶ。附近の渓より山に山桜甚だ多し」の詞書がある。山桜は牧水が少年時から故郷で親しんだ花で、ソメイヨシノと違って花よりも葉の方が先に萌える。そして、葉に続けて萌え出ようとする花のつぼみを牧水が胸をはずませて見つめている。咲ききった花もいいが、牧水は咲き出ようとするときの美しさに心を奪われている。「咲かむとすなり」の「なり」は古典文法に詳しい島内景二によれば、推定が視覚に基づいている例外的な用法と言う。推定の「なり」は通常は聴覚に基づいているからである。

『山桜の歌』

瀬瀬《せぜ》走《はし》るやまめうぐひのうろくづの美《うつく》しき春《はる》
の山《やま》ざくら花《ばな》

同じく「山ざくら」の一連から。「瀬瀬」はいくつもの瀬。「やまめ」は山女とも書くように川魚の女王で姿が美しい。「うぐひ」も淡水魚で、春以降の産卵期はいわゆる婚姻色があらわれて美しい。山桜の花と重なる色だ。「うろくづ」はうろこで、魚を意味する。そして、上の句は序詞でもある。つまり「美しき」の語を引き出す役割をはたしている。音韻の上で「うぐひ」「うろくづ」「うつくしき」の「う」の頭韻が快い。そして、結びの「春の山ざくら花」はゆったりと落ちついていて味わい深い。もう一首引いておこう。「吊橋《つりばし》のゆるるあやふき渡《わた》りつつおぼつかなくも見《み》し山《やま》ざくら」。

『山桜の歌』

落葉松《からまつ》の苗《なへ》を植《う》うると神代《かみよ》ぶり古《ふ》りぬる楢《なら》を
みな枯《か》らしたり

大正十一年春に湯ヶ島で山桜を楽しんだ牧水は秋には長野県や群馬県の旅に遊んだ。この歌は草津温泉を発って木々の紅葉を仰ぎながら次の温泉を目指す途上で、思いがけなく出会った光景を詠んでいる。堂々とした古木の楢の木を人工的に枯らして、建築材など幅広い用途をもつ落葉松を植林している光景に出会ったのである。長い時間を生きて枝をしっかり張ってきた大きな老木を人間の経済的な理由で枯らしてよいものかと牧水は怒りと悲しみを強く感じている。「楢《なら》の木《き》ぞ何《なに》にもならぬ醜《しこ》の木《き》と古《ふ》りぬる木木《きぎ》をみな枯《か》らしたり」もこのときの作。

『山桜の歌』

先生《せんせい》のあたまの禿《はげ》もたふとけれ此処《ここ》に死《し》なむ
と教《をし》ふるならめ

小さな村の小学校の「先生」に対する尊敬と激励が温かいユーモアを醸して歌われている牧水らしい歌。群馬県の山あいを旅しつつ、牧水は自然だけでなく、地域の人びとや小学生にも深い関心を寄せている。この歌は「ありとしも思はれぬ処に五戸十戸ほどの村ありてそれぞれに学校を設け子供たちに物教へたり」の詞書をもつ十一首中の作。年老いた先生が一生懸命に子どもたちに授業している光景に出会い、思わず足をとめたのである。牧水の胸には坪谷の小学生時代の思い出が渦巻いたにちがいない。「学校《がくかう》にもの読《よ》める声《こゑ》のなつかしさ身《み》にしみとほる山里《やまざと》すぎて」。

『山桜の歌』

逢《あ》ひてただ微《ほほ》笑《ゑ》みかはしうなづかば足《た》りむ逢《あひ》
なり逢《あ》はざらめやも

牧水は寂しさの歌人と言われる。しかし、それにまして「恋しさの歌人」だった。山に恋し、海に恋し、酒に恋し、何より人に恋した。延岡中学時代の友人とは生涯交際し、早稲田で知りあった友人とも長く交流をもった。卒業後に知りあった歌友とも親交を続けた。旅先ではわざわざその家を訪ねた。本人がいなければ親に挨拶した。そんな牧水が三十八歳のときに「友をおもふ歌」十一首を詠んでいる。右の一首はそのなかの作で、逢わずにいられない、逢ってただ微笑みあうだけでいい、とまるで生《うぶ》な少年のようだが、背景には人生の過半を生きてきた者の疲労感があるにちがいない。「知《し》れる人《ひと》みななつかしくなりきたるこのたまゆらのかなしかりけり」とも。

『山桜の歌』

肌にややかなしきさびの見えそめぬ四人子《よたりご》の
母のはしきわが妻

牧水と結婚し、苦労をいとわず夫を支えてきた喜志子も三十代後半に入っていた。その間、旅人、みさき、真木子、富士人の四人の子を育ててきた。牧水は旅に出ることも多く、経済的にも貧しく、妻に多大の犠牲を払わせてきたことを知っていた。いや、知りながら甘えていた。喜志子は自分が犠牲とは思っていなかった。「女子《をみなご》はつねに笑《ゑ》まひて天つ日のあまねきがごと生くべかりけり」「人の世のみにくきものをうるはしくなすべき力もてり女《をみな》は」（『筑摩野』）と三十七歳のときに歌っている。牧水が心から「はしきわが妻」と歌わずにいられなかったはずである。「はしき」は「愛《は》しき」。

『黒松』

人の世の長きはげしき働きに出でゆく前ぞい
ざあそべ子等

大正十二年の「やよ少年たちよ」九首中の一首である。「やよ」とは「やあ」という呼びかけの言葉で、牧水が「浪、浪、浪、沖に居る浪、岸の浪、やよ待てわれも山降りて行かむ」のように愛用している感動詞だ。この「やよ少年たちよ」も子等に対する情愛に満ちたユニークな連作である。大正時代は「赤い鳥運動」に象徴されるように児童への関心が高まった時期であり、その関連でも読める作だが、根本は子ども及び子ども時代への牧水の深い愛である。「若竹の伸びゆくごとく子ども等よ真直ぐにのばせ身をたましひを」はこの一連の巻頭歌。

『黒松』

笑ひ泣く鼻のへこみのふくらみの可笑しいか
なやとてみな笑ひ泣く

独酌も好きだったが、友と酌むことをまた大いに楽しんだ牧水。大正十二年秋には八ヶ岳山麓の高原で遊んだのち、松原湖畔に何日か滞在し、中村柊花ら友人と激しく飲み交している。「酒のみのわれ等がいのち露霜の消《け》やすきものを逢はでおかれぬ」というように。掲出の一首は「一夜ふとしたる事より笑ひ始めて一座五人ほとほと脊骨の痛むまでに笑ひころげぬ」と詞書のある作。「笑ひ泣く鼻のへこみのふくらみ」とは目のつけどころがじつに面白い。「笑ひこけて臍《へそ》の痛むと一人いふわれも痛むと泣きつつぞいふ」の作もある。近代短歌に酒の歌は多いが、これほどの男たちの笑い上戸、泣き上戸の歌はめずらしい。

『黒松』

山川のすがた静けきふるさとに帰り来てわが
労《つか》れたるかも

「坪谷村」の注がついている。父親の十三回忌のために久しぶりに帰郷したのである。父親が危篤の報を受けて前回帰省したのは明治四十五年だった。そして、そのときは親不孝者として村の人たちに白眼視された。その苦い体験があるので覚悟しての帰郷だったが、今回はうってかわって歓迎ぜめにあった。歌人としての盛名が村にも伝わっていたのだ。歓迎の酒宴が毎晩である。「労」の字は、つとめる、いたわるの意味ももち、故郷の家族や村人たちとの熱い交流を物語っている。村全体としての歓迎会も開かれ、「何だか滑稽」と苦笑さえしている。労れたはずである。

『黒松』

まふ鳥の影あきらけき冬の朝のこの松原の松
のそびえよ

「沼津千本松原」と題する六十一首の大連作は七章に分かれており、この歌は第一章にある。牧水が沼津に移り住んだ理由の第一は千本松原にあったと自ら記している。その魅力として、松の木の大きなこと、しかも磯馴《そなれ》松《まつ》でなく亭々として聳えていること、松原が広大であること、下草に無数の雑木を茂らせていること、小鳥の種類も数も多いこと……。掲出の歌は冬の朝の澄んだ光の射すなか、老松の高い梢で啼きあそぶ鳥の姿を詠んでいる。この千本松原の一部を当時の静岡県が伐採する計画を立てていることを知り、牧水が反対の文章を書き、演説も行ったことは有名である。伐採は中止された。沼津市では牧水は今日でも地元の偉人として尊敬されている。

『黒松』

故郷に墓をまもりて出でてこぬ母をしぞおも
ふ夢みての後《のち》に

牧水は母に深く愛され、そして母を恋人のように慕い愛して育った。山遊びも母に教えられた。やがて母と別れて暮らすようになった牧水は、とくに夫亡き身となった母を案じる気持が強かった。一緒に生活しようと促しもしたが、母は坪谷で夫の墓を守ると言って頑として拒んだ。士族の出身の母は気丈だった。牧水は母の夢を何度も見たらしい。「夢」と題する大正十四年の十首のなかの作。「夢ならで逢ひがたき母のおもかげの常におなじき瞳したまふ」「かたくなの母の心をなほしかねつその子もいつか老いてゆくなる」。牧水が没した年の翌昭和四年に母マキは後を追うように坪谷で世を去った。行年八十二歳。

『黒松』

釣り得たる鮎とりにがし笑ふ時し父がわらひ
は瀬に響きにき

昭和二年、というと没年の前年の作「鮎つりの思ひ出」二十五首より。三十年以上前の坪谷での魚釣りのもろもろの記憶の詳しさと確かさにあらためて驚く。囮《おとり》の鮎の作り方、瀬の鮎と淵の鮎の違い、鮎盗む獺《かわうそ》の歌（牧水の少年時代はまだカワウソがいたのだ）、鮎釣りに関わる父と母の思い出など詳しく歌われている。掲出の歌は父親の立蔵と一緒に鮎を釣っている場面だが、鮎をにがしたのに明るく笑う父の声を牧水は強く記憶していた。何と大らかな父よ。まるで鮎のために喜んでいるようではないか。「上《かみ》つ瀬と下《しも》つ瀬に居りてをりをりに呼び交しつつ父と釣りにき」。皆に惜しまれながら六十八歳で永眠した父。

『黒松』

妻が眼を盗みて飲める酒なれば惶《あわ》て飲み噎《む》せ
鼻ゆこぼしつ

「盗み酒」の歌である。三十代半ばから医者に節酒を言われていたが、牧水と飲みたいという友との酒宴も多かった。そして、自宅での「魂の要求」からの独酌は「酒と融合同化」と親友土岐善麿に言わしめた運命的なものだった（「牧水追憶」）。掲出歌は昭和三年初夏のころの作。というと死の四か月ぐらい前。同時作に「足音を忍ばせて行けば台所にわが酒の壜は立ちて待ちをる」があり、掲出歌の理解を深める。ともに「おかしみ」を感じる。死が目の前に迫っているのに少しも暗さがない。私は「おかしみの歌人」として論じたことがあるが（拙著『牧水の心を旅する』）、牧水の近代歌人としてのユニークさの一つはそこにある。

『黒松』

芹の葉の茂みがうへに登りゐてこれの小蟹は
ものたべてをり

最終歌集『黒松』の終りに「最後の歌」として「酒ほしさまぎらはすとて庭に出でつ庭草をぬくこの庭草を」とともに収められている歌である。庭に出て池の端の芹の葉に小蟹を見つけてじっと見入っていると、一心に何かを食べていたという歌である。「これの小蟹」の「これ」の言葉の重みに注目したい。眼前の小蟹が自分と同じように「生きている生命《いのち》」であることをさりげなく、しかし強めて言った言葉であろう。「芹の葉の茂みがうへ」という小世界。人間もまた「小世界」に生きている。宇宙という大きな時空につつまれている自然とともに「小世界」を力の限り生きた牧水だった。

『黒松』

降ればかくれ曇ればひそみ晴れて照るかの太
陽をこころとはせよ

結びの百首目に、歌集未収録の一首を紹介する。平成三十年に宮崎県立図書館に篤志の方からコレクションの寄贈があった。そのなかにこの歌の見事な半切があった。牧水長男旅人の箱書があり次のように記されていた。「恐らく大正十一年頃の筆と思われ当の依頼者の遺族がこれを手放したことに依り吾人の初見する処まさに稀品として遇すべき真筆と云わねばならぬ一軸である」と。この書の辿った運命は牧水の孫の榎本篁子もよく承知している。書はもちろん、歌の調べと内容がすばらしい。牧水の豊かだった人生を思うとき、まさにこのような「太陽をこころ」とした生き方だったことに深い感銘をおぼえる。

「歌集未収録歌」

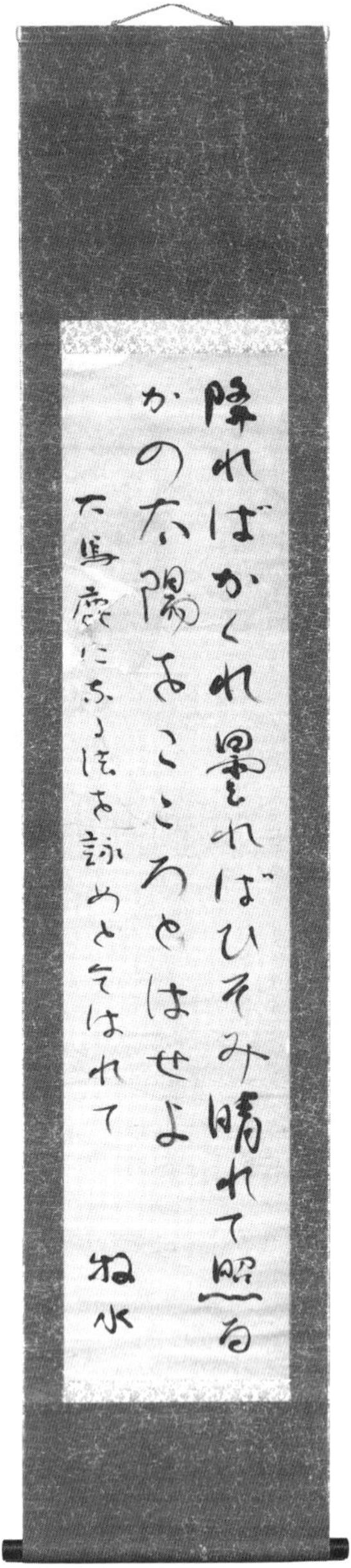

宮崎県立図書館所蔵　若山牧水 遺墨（掛け軸）

降ればかくれ曇ればひそみ晴れて照るかの太陽をこころとはせよ

――大馬鹿に奈る法を詠めと乞はれて

解説　未来の人

伊藤一彦

一

愛誦歌のアンケートがあると、若山牧水の次の歌はかならず上位にあげられる。

幾山河越えさり行かば寂しさの終《は》てなむ国ぞ今日《けふ》も旅ゆく
白鳥《しらとり》は哀《かな》しからずや空の青海のあをにも染まずただよふ
白玉《しらたま》の歯《は》にしみとほる秋《あき》の夜《よ》の酒《さけ》はしづかに飲《の》むべかりけれ

一首の調べがよく、表現も平明で、それでいて奥深い抒情を感じさせる。一方で、この作者がどんな境遇から、どんな場所でこれらの歌を詠んだのか、そもそも作者はどんな人なのか、という関心の持ち方をさせない。詠み人知らずの名歌のおもむきである。じつは牧水は若いときは特にそんな歌を目指していた。だから、どこの山を旅しているか、どの海の何の鳥か、どんな家や宿で酒を酌んでいるのか、敢えて歌っていない。

しかし、『万葉集』以来の名歌もその作品の表現だけで魅力であると同時に、歌の詠まれた背景や作者の境遇また来歴を知って鑑賞すると、さらに感銘が深くなることが多い。若山牧水の歌についても、同じことが言える。

牧水については「旅と酒の歌人」というトレードマークだけが行き渡り、きちんとした鑑賞があまり試みられないできた。与謝野晶子、斎藤茂吉、石川啄木などと比べてみるとそのことは明らかだ。牧水の短歌鑑賞の本としては大悟法利雄著『若山牧水の秀歌』（短歌新聞社）をあげたいが、昭和四十八年という五十年前の出版で今は絶版である。最近では平成二十三年刊の見尾久美恵著『若山牧水』（笠間書院──コレクション日本歌人選第38巻）があるだけだろう（第三歌集『別離』については明治書院版の『和歌文学大系』第27巻に上田博による全作品の技法・解説の労作がある）。

若山牧水論の方も優れた内容で入手しやすいのは大岡信著『若山牧水　流浪する魂の歌』（中公文庫）の貴重な一冊があるのみである。

牧水を「旅と酒の歌人」と呼ぶのなら、なぜ牧水がそれほど多く旅を行い、酒の世界に浸ったか、その理由と由縁が大事である。たしかに常識をこえた旅の日数と酒の量だ。

牧水にとっては自然のなかから生まれ出た人間が自己を生きるとはどのようなことか、の問いが身と心から生涯離れなかった。苦しく、切なく問い続ける日々の伴侶として旅と酒と歌とがあったと言っていい。

二

本書は「ふらんす堂」の百首鑑賞シリーズの一冊として書き下した。牧水には十五冊の歌集があり、ほとんどの歌をその十五冊から引いたが、歌集未収録の最近発見の一首も入れた。

十五冊の歌集を私は四期に分けて考えている。

第一期

第一歌集『海の声』（明治41年7月刊）24歳
冒頭の自序で「明治三十九年あたりの作より今日に至るまでのもの四百幾十首」と記している。収録歌四七五首。
第二歌集『独り歌へる』（明治43年1月刊）26歳

明治41年4月から翌年7月までの作。収録歌五五一首。

第三歌集『別離』（明治43年4月刊）26歳

『海の声』『独り歌へる』の中からの自選歌と明治43年1月までの新作。収録歌一〇〇四首。

第四歌集『路上』（明治44年9月刊）27歳

明治43年1月から翌年5月までの作。収録歌四八三首。

第二期

第五歌集『死か芸術か』（大正元年9月刊）28歳

明治44年9月から翌年7月までの作。収録歌三八六首。

第六歌集『みなかみ』（大正2年9月刊）29歳

大正元年9月から翌年3月までの帰郷時代の作。収録歌五〇六首。

第三期

第七歌集『秋風の歌』（大正3年4月刊）30歳

大正2年夏から翌年初めまでの作。収録歌三七七首。

第八歌集『砂丘』（大正4年10月刊）31歳

『みなかみ』時代の拾遺作と大正4年夏までの作。収録歌二四八首。

第九歌集『朝の歌』（大正5年6月刊）32歳

大正4年9月から翌年4月までの作。収録歌二七三首。

第十歌集『白梅集』（大正6年8月刊）33歳

妻喜志子との合著。大正5年5月から翌年4月までの作。牧水の収録歌二三二首。

第十一歌集『さびしき樹木』（大正7年7月刊）34歳

大正6年夏から秋ごろにかけての作。収録歌二〇〇首。

第十二歌集『渓谷集』（大正7年5月刊）34歳

大正6年秋から翌年2月までの作。収録歌三〇四首。

第四期

第十三歌集『くろ土』（大正10年3月刊）37歳

大正7年3月から9年12月までの作。大部分は東京在住の作だが、終わりの方は沼津移転後の作。収録歌九九九首。

第十四歌集『山桜の歌』（大正12年5月刊）39歳

大正10年1月から翌11年末までの作。収録歌七四一首。

第十五歌集『黒松』（昭和13年9月刊）

没後十年に出版の最終歌集。収録歌一〇〇〇首。

牧水の全作品を改めて今回読み直し、各歌集から鑑賞に取り上げた歌の数は次のようになっている。

『海の声』……一〇首
『独り歌へる』……九首
『別離』（新収録歌のみ）……二首
『路上』……九首
『死か芸術か』……七首
『みなかみ』……一一首
『秋風の歌』……四首
『砂丘』……五首
『朝の歌』……四首
『白梅集』……三首
『さびしき樹木』……三首
『渓谷集』……三首
『くろ土』……一〇首
『山桜の歌』……一〇首
『黒松』……九首

右の歌の選出にあたっては、読者にぜひ読んでいただきたい作ということはもちろんであり、有名な歌は洩らさなかった。一方、これまで誰も言及し鑑賞したことのない歌も数多く入れた。私も牧水の歌の鑑賞を何回か執筆している。しかし、初めて取りあげた作もある。今回の執筆で牧水世界をあらためて知った思いがして楽しかった。

鑑賞文の執筆にあたっては、歌の言葉、文体、韻律などに触れると同時に、歌の背景となっている牧水の折々の境遇にも多少の説明を加えた。本書には牧水の年譜を付けていないので参考になれば幸である。

三

なお、右の各歌集からの選出の合計は九十九首である。もう一首は歌集未収録である。牧水には歌集未収録の秀歌が多いが、この歌は絶品であると私は確信する。牧水の遺墨等の蒐集家である故小林邦雄氏の遺族から、宮崎県立図書館に牧水真筆の半切、色紙、短冊の多数の寄贈があった。牧水の孫の榎本篁子氏に鑑定をしてもらい、名誉館長の私もその場に立ち合った。

降ればかくれ曇ればひそみ晴れて照るかの太陽をこころとはせよ

大馬鹿に奈る法を詠めと乞はれて

篁子氏はこの半切と二度目の対面だった。一度目は父親の旅人氏と目にしたと言われた。

旅人氏はもう世を去られたが、旅人氏の箱書が付いていた。あらためて読者のために全文を引いておきたい。

　これは牧水の全集にも、また全歌集にも日記にものこされておらず未発表のままうづ《ママ》もれて居たこの世に一首のみと云う貴重な一首である。普通ならばことわるだろうと思われる見知らぬ者からの失礼な請いに対しても自然体で応じているところが牧水の巨きさであろう。依頼者は、自分が太陽となれと擬せられたことを誤解したか激怒したらしくこの一軸は放置されたまま鼠害を受けて発見され、恰度ゴッホの「医師ガッシェの肖像画」の辿った運命に似て居る。

　恐らく大正十一年頃の筆と思われ当の依頼者の遺族がこれを手放したことに依り吾人の初見する処まさに稀品として遇すべき真筆と云わねばならぬ一軸である。

牧水長子旅人誌之

篁子氏によると、初見のときに余りに高額でさすがに買うことができなかったという。その作品を牧水遺墨の蒐集家である亡き小林邦雄氏が手に入れていたのである。作品の寄贈をうけて、宮崎県立図書館は平成三十年十二月十日に記者発表を行い、以後は「小林邦雄コレクション」として大切に収蔵している。この度、ふらんす堂の編集者の山岡有以子氏が早速この一首に注目し、写真を載せて下さったのが嬉しい。おそらくほとんどの方が初めて目にするはずである。

四

牧水をしっかり読もうと思えば、大岡信・佐佐木幸綱・若山旅人三名の監修による『若山牧水全集』全13巻・補巻1（増進会出版社）がある。正字・歴史的仮名遣いの全集である。大悟法利雄著『若山牧水全歌集』（短歌新聞社）は残念ながら絶版である。伝記研究として重要な大悟法利雄著の『若山牧水伝』（短歌新聞社）『若山牧水新研究』（同）も絶版になっていて残念である。

牧水論としては、「創作」牧水没後五十年記念号（昭和53年9月）の巻頭論文の塚本邦雄の「この夜星降れ——若山牧水私論」を真先にあげておきたい。評論集『稀なる夢』（小沢書店）に収められている。佐佐木幸綱の「歌は翼——若山牧水」も必読の新鮮な視点の牧水論で、近代歌人論『底より歌え』（小沢書店）に収められている。

牧水の家族が執筆した著作としては長男旅人の『明日にひと筆』（宮崎県東郷町教育委員会）、長女石井みさきの『父・若山牧水』（五月書房）がある。これらはいずれも今は手に入らないかも知れないが、図書館などには備えられているはずである。

牧水作品に文学的な魅力と意義を感じる私もいくつかの牧水の本を著している。平成元年出版の『若き牧水――愛と故郷の歌』（鉱脈社）が最初で、以後『牧水の心を旅する』（角川学芸出版）、『若山牧水――その親和力を読む』（短歌研究社）等を出し、昨年は『牧水・啄木・喜志子』（ながらみ書房）を刊行した。

その拙著『牧水・啄木・喜志子』のなかの一章では「若山牧水賞」の選考委員の牧水論の講演を要約紹介している。大岡信・岡野弘彦・馬場あき子・佐佐木幸綱・高野公彦・栗木京子の見事な牧水論である。そのなかから大岡信の講演の一部分を引く。

自他の区別ばっかりしたがる今の人とは違って、牧水のように胸を開いて、自然界を自分の中へ入れてしまって、その自然界に皆さん触ってごらんなさいといって見せてくれる、そういう歌人が今はいなくなっちゃった。これは時代の影響です。非常に大きな時代の影響。そういう意味では、牧水は過去の人に見えますけれど、実は未来の人なんです。

この言葉を読みながら、さらに牧水の歌を読んでいきたいと思う。読者諸賢の教えもいただきたい。時あたかも来年は牧水生誕百四十年。百四十年前に生まれた「未来の人」の声に耳を傾けたい。

著者略歴

伊藤一彦（いとう　かずひこ）

昭和一八年、宮崎市に生まれる。早稲田短歌会を経て、「心の花」に入会し、現在も会員。

歌集に『海号の歌』（読売文学賞詩歌俳句賞）、『新月の蜜』（寺山修司短歌賞）、『微笑の空』（迢空賞）、『月の夜声』（斎藤茂吉短歌文学賞）、『待ち時間』（小野市詩歌文学賞）、また歌集『土と人と星』及び評論『若山牧水――その親和力を読む』により現代短歌大賞・毎日芸術賞・日本一行詩大賞を受賞。平成三一年、第3回井上靖記念文化賞特別賞受賞、令和四年旭日小綬章受章、令和五年『牧水・啄木・喜志子　近代の青春を読む』（ながらみ書房）を中心とした永年の功績により第15回日本歌人クラブ大賞受賞。他に歌集『光の庭』（ふらんす堂）他がある。

若山牧水記念文学館館長。宮崎市に住む。

若山牧水の百首　Wakayama Bokusui no Hyakushu

著　者　伊藤一彦

二〇二四年九月一日　初版発行

発行人　山岡喜美子
発行所　ふらんす堂
〒一八二-〇〇〇二　東京都調布市仙川町一-一五-三八-二階
電　話　〇三（三三二六）九〇六一
ＦＡＸ　〇三（三三二六）六九一九
ＵＲＬ　https://furansudo.com/
E-mail　info@furansudo.com
振　替　〇〇一七〇-一-一八四一七三
装　幀　和兎
印刷所　創栄図書印刷株式会社
製本所　創栄図書印刷株式会社
定　価　本体一七〇〇円＋税

ISBN978-4-7814-1691-5 C0095 ¥1700E

●既刊　定価一八七〇円（税込）

小池　光著『石川啄木の百首』
大島史洋著『斎藤茂吉の百首』
高野公彦著『北原白秋の百首』
坂井修一著『森　鷗外の百首』
藤原龍一郎著『寺山修司の百首』
藤島秀憲著『山崎方代の百首』
梶原さい子著『落合直文の百首』
松平盟子著『与謝野晶子の百首』
大辻隆弘著『岡井　隆の百首』
河路由佳著『土岐善麿の百首』

（以下続刊）